Friends of the
Houston Public Library

Friends of the
Houston Public Library

ALFAGUARA

LA MARAVILLOSA MEDICINA DE JORGE
Título original en inglés: *George and the Marvellous Medicine*

D.R. © del texto: ROALD DAHL, 1981
Edición original de JONATHAN CAPE, Londres
D.R. © de las ilustraciones: QUENTIN BLAKE, 1981
D.R. © de la traducción: MARIBEL DE JUAN, 1983

D.R. © de esta edición:
Santillana Ediciones Generales, S.A. de C.V., 2004
Av. Universidad 767, Col. Del Valle
03100, México, D.F.

Alfaguara es un sello editorial del **Grupo Santillana**.
Éstas son sus sedes:

ARGENTINA, BOLIVIA, CHILE, COLOMBIA, COSTA RICA, ECUADOR, EL SALVADOR,
ESPAÑA, ESTADOS UNIDOS, GUATEMALA, MÉXICO, PANAMÁ, PARAGUAY, PERÚ,
PUERTO RICO, REPÚBLICA DOMINICANA, URUGUAY y VENEZUELA.

Primera edición: 1983
Segunda edición: mayo de 1996
Primera edición en Alfaguara México: septiembre de 1999
Primera edición en Editorial Santillana, S.A. de C.V.: agosto de 2002
Primera edición en Santillana Ediciones Generales, S.A. de C.V.:
marzo de 2004
Primera reimpresión: octubre de 2004
Segunda reimpresión: abril de 2005
Tercera reimpresión: julio de 2005
Cuarta reimpresión: septiembre de 2005
Quinta reimpresión: febrero de 2006
Sexta reimpresión: agosto de 2006
Séptima reimpresión: junio de 2007
Octava reimpresión: abril de 2008
Novena reimpresión: marzo de 2009

ISBN: 978-968-19-0547-7

Impreso en Uruguay

Todos los derechos reservados. Esta publicación no puede ser reproducida, ni en todo ni en parte,
ni registrada en o transmitida por un sistema de recuperación de información, en ninguna forma ni
por ningún medio, sea mecánico, fotoquímico, electrónico, magnético, electroóptico, por fotocopia o
cualquier otro, sin el permiso previo, por escrito, de la editorial.

La maravillosa medicina de Jorge

Roald Dahl
Ilustraciones de Quentin Blake

ALFAGUARA

Este libro está dedicado
a todos los médicos del mundo.

ADVERTENCIA AL LECTOR:
No intentes hacer tú solo en casa
la maravillosa medicina de Jorge.
Podría ser peligroso.

La abuela

—Me voy de compras al pueblo —le dijo a Jorge su madre, el sábado por la mañana—. Así que sé un niño bueno y no hagas travesuras.

Es una tontería decirle a un niño semejante cosa en cualquier ocasión. Inmediatamente le hizo pensar en qué travesuras podría hacer.

—Y no te olvides de darle la medicina a la abuela a las once —dijo la madre. Después salió, cerrando la puerta tras ella.

La abuela, que estaba dormitando en su sillón, junto a la ventana, abrió un ojillo malicioso y dijo:

—Ya has oído a tu madre, Jorge. No olvides mi medicina.

—No, abuela —dijo Jorge.

—Y trata de portarte bien, por una vez, mientras ella está fuera.

—Sí, abuela —dijo Jorge.

Jorge se moría de aburrimiento. No tenía hermanos ni hermanas. Su padre era granjero y la granja estaba a kilómetros de cualquier sitio habitado, así que nunca había otros niños con quienes jugar. Estaba cansado de contemplar cerdos, gallinas, vacas y ovejas. Estaba especialmente cansado de tener que vivir en la misma casa que aquella vieja gruñona de su abuela. Quedarse solo cuidándola no era exactamente el modo más apetecible de pasar la mañana del sábado.

—Puedes prepararme una buena taza de té para empezar —le dijo la abuela a Jorge—. Eso te impedirá hacer barbaridades durante unos minutos.

—Sí, abuela —dijo Jorge.

Jorge no podía evitar que le desagradara su abuela. Era una vieja egoísta y regañona. Tenía los dientes marrón claro y una boca pequeña y fruncida, como el trasero de un perro.

—¿Cuánto azúcar quieres hoy en el té, abuela? —le preguntó Jorge.

—Una cucharada —dijo ella—. Y sin leche.

La mayoría de las abuelas son señoras encantadoras, amables y serviciales, pero ésta, no. Se pasaba los días enteros sentada en su sillón junto a la ventana y estaba siempre quejándose, gruñendo, refunfuñando y rezongando por una cosa u otra. Ni una vez, ni siquiera en sus mejores días, le había sonreído a Jorge o le había preguntado: «Vaya, ¿cómo estás esta mañana, Jorge?» o «¿Por qué no jugamos tú y yo a "La Oca"?», o «¿Qué tal te ha ido hoy en el cole-

gio?». Al parecer, no le importaba nadie más que ella misma. Era una miserable protestona.

Jorge fue a la cocina y le hizo una taza de té a la abuela con una bolsita. Puso una cucharada de azúcar y nada de leche. Removió bien el azúcar y llevó la taza al cuarto de estar.

La abuela dio un sorbito.

—No está lo bastante dulce. Ponle más azúcar.

Jorge volvió con la taza a la cocina y añadió otra cucharada de azúcar. Removió otra vez y se la llevó cuidadosamente a la abuela.

—¿Dónde está el platillo? —dijo ella—. No me gusta tener una taza sin su plato.

Jorge le trajo un platillo.

—¿Y qué pasa con la cucharilla, se puede saber?

—Ya te lo he removido, abuela. Lo removí bien.

—Prefiero removerlo yo misma, muchas gracias —dijo ella—. Tráeme una cucharilla.

Jorge le trajo una cucharilla.

Cuando el padre o la madre de Jorge estaban en casa, la abuela nunca le daba órdenes de esa manera. Solamente cuando le tenía a solas empezaba a tratarle mal.

—¿Sabes lo que te pasa? —dijo la vieja, mirando fijamente a Jorge, por encima del borde de la taza de té, con aquellos ojillos brillantes y maliciosos—. Estás creciendo demasiado. Los niños que crecen demasiado rápidamente se vuelven estúpidos y perezosos.

—Pero yo no puedo remediarlo —dijo Jorge.

—Claro que puedes —dijo ella—. Crecer es una fea costumbre infantil.

—Pero tenemos que crecer, abuela. Si no creciésemos, nunca seríamos mayores.

—Bobadas, chiquillo, bobadas —dijo ella—. Mírame a mí. ¿Estoy creciendo yo? Naturalmente que no.

—Pero una vez creciste, abuela.

—Sólo un poquito —contestó la vieja—. Dejé de crecer cuando era muy pequeña, al mismo tiempo que dejé otras feas costumbres infantiles como la pereza, la desobediencia, la voracidad, la suciedad, el desorden y la estupidez. Tú no has dejado ninguna de estas cosas, ¿verdad?

—Todavía soy sólo un niño pequeño, abuela.

—Tienes ocho años —resopló ella—. Es edad suficiente para saber lo que haces. Si no paras de crecer pronto, será demasiado tarde.

—¿Demasiado tarde para qué, abuela?

—Es ridículo —continuó ella—. Ya eres casi tan alto como yo.

Jorge miró bien a la abuela. Realmente era una persona muy menudita. Sus piernas eran tan cortas que necesitaba tener un taburete para apoyar los pies, y su cabeza sólo llegaba a la mitad del respaldo del sillón.

—Papá dice que es bueno que un hombre sea alto —dijo Jorge.

—No hagas caso a tu papá —dijo la abuela—. Hazme caso a mí.

—Pero, ¿cómo puedo parar de crecer? —le preguntó Jorge.

—Come menos chocolate —dijo la abuela.

—¿El chocolate hace crecer?

—Te hace crecer en la dirección equivocada —contestó ella, cortante—. Hacia arriba, en lugar de hacia abajo.

La abuela sorbía su té, pero sin apartar nunca sus ojos del chiquillo, que estaba de pie delante de ella.

—Nunca crezcas hacia arriba —dijo—. Siempre hacia abajo.

—Sí, abuela.

—Y deja de tomar chocolate. Toma repollo, en cambio.

—¡Repollo! Oh, no, no me gusta el repollo —dijo Jorge.

—No se trata de lo que te guste o no te guste —cortó la abuela—. Lo que te conviene es lo que cuenta. De ahora en adelante, debes comer repollo tres veces al día. ¡Montañas de repollo! Y si tiene orugas, ¡tanto mejor!

—¡Aj! —dijo Jorge.

—Las orugas desarrollan el cerebro —dijo la vieja.

—Mamá lava el repollo para que las orugas se vayan por el desagüe.

—Mamá es tan tonta como tú —dijo la abuela—. El repollo no sabe a nada sin unas cuantas orugas hervidas. Y babosas también.

—¡Babosas, no! —gritó Jorge—. ¡Yo no podría comer babosas!

—Siempre que veo una babosa viva en un pedazo de lechuga —dijo la abuela—, me la zampo rápidamente, antes de que se escape. Está deliciosa —apretó mucho los labios, de tal modo que su boca se convirtió en un agujerito arruga-

do—. Deliciosa —dijo otra vez—. Los gusanos y las babosas y los bichitos. Tú no sabes lo que te conviene.

—Estás de broma, abuela.

—Nunca bromeo —dijo ella—. Los escarabajos quizá sean lo mejor de todo. ¡Son crujientes!

—¡Abuela! ¡Eso es horrible!

La vieja bruja sonrió, mostrando sus dientes marrón claro.

—A veces, si tienes suerte —dijo—, encuentras un escarabajo dentro de un tallo de apio. Eso es lo que más me gusta.

—¡Abuela! ¿Cómo has podido…?

—Se encuentran toda clase de cosas buenas en los tallos de apio crudo —continuó la vieja—. Algunas veces son tijeretas.

—¡No quiero ni oírlo! —gritó Jorge.

—Una tijereta grande y gorda está riquísima —dijo la abuela, lamiéndose los labios—. Pero tienes que darte prisa cuando te metes una en la boca. Tiene unas agudas pinzas en la parte posterior, y si te agarra la lengua con ellas, no la suelta nunca. Así que tienes que morder a la tijereta primero, ñam, ñam, antes de que ella te muerda a ti.

Jorge empezó a moverse lentamente hacia la puerta. Quería alejarse lo más posible de aquella vieja asquerosa.

—Estás intentando alejarte de mí, ¿no? —dijo, apuntando con un dedo a la cara de Jorge—. Estás intentando alejarte de tu abuela.

El pequeño Jorge, de pie junto a la puerta, miraba fijamente a la vieja bruja que estaba en su sillón. Ella le devolvía la mirada.

«¿Será posible», se preguntó Jorge, «que sea una bruja?». Siempre había pensado que sólo había brujas en los cuentos de hadas, pero ahora no estaba tan seguro.

—Acércate a mí, chiquillo—dijo ella, llamándole con un dedo calloso—. Acércate a mí y te contaré unos secretos.

Jorge no se movió.

La abuela tampoco se movió.

—Sé muchísimos secretos —dijo, y de pronto, sonrió. Era una sonrisa fina y helada, la clase de sonrisa que una serpiente podría dedicarte justo antes de morderte—. Ven aquí, con la abuela, y ella te susurrará algunos secretos.

Jorge dio un paso atrás, aproximándose aún más a la puerta.

—No debes tener miedo de tu abuelita —dijo ella, con su helada sonrisa.

Jorge dio otro paso atrás.

—Algunos de nosotros —dijo ella y, de repente, se inclinó hacia adelante en su sillón y murmuró con una voz ronca que Jorge nunca le había oído antes—, algunos de nosotros tenemos poderes mágicos que pueden transformar a las criaturas de este mundo en las formas más asombrosas...

Un estremecimiento eléctrico recorrió la espina dorsal de Jorge. Empezaba a sentir miedo.

—Algunos de nosotros —siguió la vieja— tenemos fuego en la lengua, chispas en la

tripa y brujería en las puntas de los dedos... Algunos de nosotros sabemos secretos que te pondrían los pelos de punta y harían que los ojos se te saltaran de las órbitas...

Jorge deseaba salir corriendo, pero era como si los pies se le hubiesen pegado al suelo.

—Sabemos cómo hacer que se te caigan las uñas y te crezcan dientes en su lugar.

Jorge empezó a temblar. La cara de la abuela era lo que más le asustaba de todo, la sonrisa helada, los ojos brillantes que no parpadeaban.

—Sabemos cómo hacer que te levantes por la mañana con una larga cola saliéndote del trasero.

—¡Abuela! —gritó—. ¡Basta!

—Sabemos secretos sobre lugares oscuros donde viven cosas oscuras que se retuercen y reptan unas sobre otras...

Jorge se lanzó hacia la puerta.

—Por muy lejos que corras —la oyó decir—, nunca te escaparás…

Jorge entró corriendo en la cocina y cerró de un portazo.

El maravilloso plan

Jorge se sentó en la mesa de la cocina. Temblaba un poco. ¡Oh, cómo odiaba a la abuela! Odiaba verdaderamente a aquella horrenda vieja bruja. Y, de repente, tuvo un tremendo impulso de hacerle algo. Algo absolutamente terrorífico. Un verdadero sobresalto. Una especie de explosión. Quería que un estallido evaporase el olor a bruja que la rodeaba, impregnando la habitación de al lado. Aunque tuviese sólo ocho años, era un muchacho valiente. Estaba dispuesto a encargarse de esa vieja.

—No voy a tener miedo de ella —se dijo en voz baja. Pero sí lo tenía. Y por eso, de pronto, quería hacerla volar en pedazos.

Bueno… no enteramente. Pero sí deseaba asustar un poco a la vieja.

Bien, entonces… ¿Cómo sería este terrorífico y explosivo sobresalto que le iba a dar a la abuela?

Le hubiera gustado ponerle un petardo debajo de la silla, pero no lo tenía.

Le hubiera gustado meterle una serpiente

larga y verde por el cogote, pero \no tenía una serpiente larga y verde.

Le hubiera gustado echar seis ratas gordas y negras en la habitación y encerrarla con ellas, pero no tenía seis ratas gordas y negras.

Mientras Jorge estaba allí sentado, meditando sobre este interesante problema, su mirada cayó sobre el frasco de la medicina marrón de la abuela, colocado sobre el aparador. Tenía aspecto de ser una porquería. Cuatro veces al día le metían en la boca una gran cucharada y no le hacía el menor bien. Después de tomarla seguía siendo tan espantosa como antes. Una medicina debía servir, sin duda, para mejorar a una persona. Si no hacía ese efecto, era completamente inútil.

«¡Ya está! —pensó Jorge de pronto—. ¡Yupiii! Ya sé lo que voy a hacer. Le prepararé una nueva medicina, una medicina tan fuerte, tan explosiva y tan fantástica que la curará completamente o le volará la cabeza. Le haré una medicina mágica, una medicina que ningún médico del mundo ha hecho jamás.»

Jorge miró el reloj de la cocina. Eran las diez y cinco. Faltaba casi una hora hasta que a la abuela le tocara la próxima dosis, a las once.

—¡Allá voy! —gritó Jorge, saltando sobre la mesa—. ¡Será una medicina mágica!

Así que dame un bichito
y una pulga saltarina.

Dame dos caracoles
y tres lagartijas.
Y una anguila del mar
y el aguijón venenoso
de un abejorro horroroso.
Y el jugo de la azufaifa
y la taba polvorienta
de alguna oveja sarnosa.
Y también otras cien cosas,
asquerosas y sangrientas.
Mientras hierven les daré vueltas,
y será una horrible y fuerte mezcla.
Y luego, ¡ale jop! ¡Toma ahí!
Una cucharada (tápate la nariz).

Abuelita, ¿te gustará?
¿Reventará? ¿Estallará?
¿Saldrá volando sobre los caminos?
¿Se desvanecerá en nubes de humo?
¿Como una cerveza se irá en espuma?
¿Quién sabe? Yo, no. Habrá que esperar.
Me alegro de no ser yo quien lo ha de tomar.
¡Oh, abuela, si tú supieras
lo que con tu medicina te espera!

Jorge empieza
a hacer la medicina

Jorge sacó una enorme cacerola del armario de la cocina y la puso sobre la mesa.

—¡Jorge! —la voz aguda llegó desde la habitación contigua—. ¿Qué estás haciendo?

—Nada, abuela —gritó.

—¡No creas que no puedo oírte, simplemente porque has cerrado la puerta! ¡Estás haciendo ruido con los cacharros!

—Estoy arreglando la cocina, abuela.

Entonces hubo un silencio.

Jorge no tenía ni la más mínima duda sobre cómo iba a preparar su famosa medicina. No iba a hacer el tonto preguntándose si poner un poquito de esto o un poquito de aquello. Sencillamente, iba a poner TODO lo que pudiese encontrar. Nada de embarullarse, nada de titubear, nada de preguntarse si una determinada cosa haría que la vieja cayera redonda. La regla sería ésta: cualquier cosa que viera, tanto si era un líquido, un polvo o una crema, lo echaría dentro.

Nadie había hecho nunca una medicina como ésta. Si no curaba a la abuela realmente, por lo menos produciría resultados emocionantes. Sería digno de verse.

Jorge decidió recorrer todas las habitaciones, una a una, para ver qué podían ofrecerle.

Iría primero al cuarto de baño. Siempre hay un montón de cosas divertidas en un cuarto de baño. Así que subió las escaleras, llevando entre los brazos la enorme cacerola de dos asas.

En el cuarto de baño, contempló codiciosamente el famoso y temido armarito de las me-

dicinas. Pero no se acercó a él. Era lo único en toda la casa que le estaba prohibido tocar. Le había hecho solemnes promesas a sus padres respecto a él y no iba a romperlas. Le habían dicho que allí había cosas que podían matar a una persona y, aunque se proponía darle a la abuela un trago bien ardiente, no quería encontrarse con un cadáver en las manos. Jorge dejó la cacerola en el suelo y se puso a trabajar.

Lo primero fue un frasco con una etiqueta que decía: «Champú Brillodorado». Lo vació en la cazuela.

—Esto debería dejarle la tripa bien limpia —dijo.

Cogió un tubo lleno de pasta dental y lo estrujó completamente, sacando un largo gusano de pasta.

—Puede que eso le ponga blancos esos horrorosos dientes marrones.

Había un aerosol de jabón de afeitar Superespuma que pertenecía a su padre. A Jorge le encantaba jugar con aerosoles. Apretó el botón y mantuvo el dedo sobre él hasta que no quedó nada. Una maravillosa montaña de espuma blanca se formó en la gigantesca cazuela.

Con los dedos, sacó el contenido de un tarro de crema facial enriquecida con vitaminas.

Volcó dentro un frasco de esmalte de uñas escarlata.

—Si la pasta dental no le limpia los dientes, esto se los pondrá rojos como las rosas.

Encontró otro tarro de algo cremoso cuya etiqueta decía: «Depilatorio. Extiéndalo sobre sus piernas y déjelo actuar durante cinco minutos». Jorge lo echó entero dentro de la cacerola.

Había un frasco con un producto amarillo llamado «Famoso Tratamiento Anticaspa». Lo echó también.

Había algo llamado Brillident. «Para la limpieza de dentaduras postizas». Era un polvo blanco. A la cacerola.

Encontró otro aerosol, Desodorante Nunca. «Garantizado», ponía, «para mantenerte libre de malos olores todo el día».

—Debería usar gran cantidad de esto —dijo Jorge, mientras pulverizaba todo el contenido dentro de la olla.

Parafina líquida se llamaba lo siguiente. Era un frasco grande. No tenía la menor idea de qué efecto hacía, pero, de todas formas, lo vertió dentro.

Eso, pensó, mirando a su alrededor, era todo en el cuarto de baño.

En el tocador de su madre, en el dormitorio, encontró un estupendo aerosol más. Se lla-

maba Laca Helga. «Manténgalo a cinco centímetros de su pelo y pulverice ligeramente». Lo roció entero en la olla. Le entusiasmaba apretar los aerosoles.

Había un frasco de perfume llamado Flores de Nabo. Olía a queso rancio. Adentro.

Y adentro, también, una caja de polvos grande y redonda. Se llamaba Yeso Rosa. Encima había una borla de polvos y la tiró dentro para que le trajese suerte.

Vio un par de lápices de labios. Sacó las barritas rojas y grasientas de sus estuches y las añadió a la mezcla.

El dormitorio no podía ofrecerle nada más; por lo tanto, Jorge bajó las escaleras con la enorme cazuela y entró en el lavadero, donde los estantes estaban repletos de toda clase de productos de limpieza.

El primero que cogió fue un paquete grande de Superblanco para lavadoras automáticas. «La suciedad», decía, «desaparecerá como por arte de magia». Jorge no sabía si la abuela era automática o no, pero ciertamente era una vieja sucia.

—Así que le convendrá tomarlo todo —dijo, volcando el paquete entero.

Luego había una lata grande de Cerabona. «Quita la suciedad y la porquería de los suelos y lo deja todo deslumbrante», decía. Jorge

cogió con la mano la cera anaranjada y la dejó caer en la olla.

Había un paquete redondo de cartón con la etiqueta «Polvos antipulgas para perros. Manténgase bien apartado de la comida del perro», decía, «porque si los toma estallará».

—Estupendo —dijo, echándolo todo en la olla.

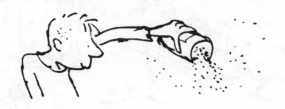

Encontró una caja de semillas para canarios en el estante.

—A lo mejor hace cantar a esa pájara vieja —dijo.

A continuación, Jorge exploró la caja de los objetos para limpiar zapatos: cepillos, latas y gamuzas. Vamos a ver, pensó, la medicina de la abuela es marrón; por lo tanto, mi medicina también debe ser marrón, porque, si no, se olerá el pastel. La manera de darle color, decidió, será ponerle betún marrón. La lata grande que eligió tenía la etiqueta «Tostado oscuro». Magnífico. Lo sacó todo con una cuchara vieja y lo echó en la olla. Ya lo removería más tarde.

Camino de la cocina, Jorge vio una botella de ginebra sobre el aparador. La abuela era muy aficionada a la ginebra. Le permitían tomar un traguito todas las tardes. Ahora él le daría por el gusto. Echaría la botella entera. Así lo hizo.

Al volver a la cocina, colocó la inmensa cacerola sobre la mesa y se acercó al armario que servía de despensa. Los estantes estaban abarrotados de botellas y frascos de todo tipo. Eligió los siguientes y los fue vaciando uno por uno en la olla:

Una lata de polvo de curry.
Una lata de polvo de mostaza.
Un frasco de salsa de chile «super picante».
Una lata de pimienta negra.
Un frasco de salsa de rábanos.

—¡Ajá! —dijo en voz alta—. ¡Con esto vale!

—¡Jorge! —llegó la voz chillona desde la otra habitación—. ¿Con quién estás hablando? ¿Qué estás haciendo?

—Nada, abuela, absolutamente nada —contestó.

—¿Es ya la hora de mi medicina?

—No, abuela, todavía falta media hora.

—Bueno, pero que no se te olvide.

—No, abuela —respondió Jorge—. Te prometo que no me olvidaré.

Píldoras para animales

En ese momento, de pronto, a Jorge se le ocurrió un truquito estupendo. Aunque el armario donde se guardaban las medicinas de la casa era terreno prohibido, ¿qué pasaba con las medicinas que su padre guardaba en el estante del cobertizo que había junto al gallinero? Las medicinas para animales.

¿Qué pasaba con ésas?

Nadie le había dicho nunca que no tocase ésas.

Hay que enfrentarse con la realidad, se dijo Jorge; la laca y la crema de afeitar y el betún están muy bien y, sin duda, producirán algunas magníficas explosiones dentro de ese vejestorio, pero lo que la mezcla mágica necesita ahora es un toque del producto auténtico, píldoras de verdad y tónicos de verdad, para darle fuerza e impacto.

Jorge cogió la pesada cacerola, llena ya hasta los tres cuartos, y salió con ella por la puerta trasera. Cruzó el patio y se dirigió al cobertizo. Sabía que su padre no estaría allí. Estaba recogiendo el heno en uno de los campos.

Jorge entró en el viejo cobertizo polvoriento y puso la cacerola sobre el banco. Luego miró el estante de las medicinas. Había cinco frascos grandes. Dos estaban llenos de píldoras, otros dos, llenos de líquido, y uno, de polvos.

—Los usaré todos —dijo Jorge—. La abuela los necesita. ¡Vaya si los necesita!

El primer frasco que cogió contenía unos polvos anaranjados. La etiqueta decía: «Para pollos con peste pestilente, gallinas con cólico, picos doloridos, patas cojas, pollitis, huevos enfermizos, cloquera o pérdida de plumas. Mezclar sólo una cucharada con cada cubo de comida».

—Bien —se dijo Jorge en voz alta, mientras volcaba todo el frasco—, la pajarraca no perderá las plumas después de haber tomado una dosis de esto.

La siguiente botella que bajó tenía unas quinientas píldoras moradas gigantescas. «Para caballos con ronquera», decía la etiqueta. «El caballo ronco deberá chupar una píldora dos veces al día».

—Quizá la abuela no tenga la garganta mala, pero, desde luego, tiene mala lengua. Puede que le curen eso.

Las quinientas píldoras moradas gigantescas fueron a la cazuela.

Luego había un frasco con un líquido espeso y amarillento. «Para vacas, toros y bueyes», decía la etiqueta. «Cura viruela, sarna, cuernos arrugados, mal aliento en los toros, dolor de oídos, de muelas, de cabeza, de pezuñas, de rabo y de ubres».

—La vaca gruñona que está en la sala tiene todas esas espantosas enfermedades —dijo Jorge—. Lo necesitará todo.

Con un gorgoteo, el líquido amarillo cayó en la cazuela, que estaba ya casi llena.

El siguiente frasco contenía un líquido rojo vivo. «Ovejil», ponía en la etiqueta. «Para las ovejas con morriña y para librarse de garrapatas y pulgas. Disolver una cucharada en cuatro litros de agua y rociar a la oveja. Precaución: no aumentar la dosis; de lo contrario, se caerá la lana y el animal se quedará desnudo».

—Vaya —dijo Jorge—, cómo me gustaría entrar y rociar a la abuela con esto y ver cómo las garrapatas y las pulgas salen corriendo y saltando. Pero no puedo hacerlo. No debo. Por lo tanto, tendrá que bebérselo.

Vertió la medicina rojo vivo dentro de la olla.

El último frasco del estante estaba lleno de unas píldoras verde pálido. «Píldoras cochinas», anunciaba la etiqueta. «Para cerdos con picores porcinos, pezuñas blandas, cerdas marchitas y enfermedades puercas. Administrar una píldora al día. En casos graves se pueden administrar dos píldoras, pero no más, porque el cerdo se pondría a bailar».

—Justamente lo que le hace falta a esa cochina que está en casa. Necesitará una dosis grandísima.

Volcó todas las píldoras verdes, cientos y cientos de ellas, en la cacerola.

Sobre el banco había un palo viejo que se había utilizado para remover pintura. Jorge lo cogió y empezó a revolver su maravillosa pócima. La mezcla tenía el espesor de una crema, y a medida que él revolvía y revolvía, muchos colores maravillosos surgieron de las profundidades y se mezclaron: rosas, azules, verdes, amarillos y marrones.

Jorge continuó removiendo hasta que estuvo todo bien mezclado, pero aun así, seguía habiendo cientos de píldoras en el fondo que no se habían disuelto. Y la magnífica borla de polvos de su madre flotaba en la superficie.

—Tendré que hervirlo todo —dijo Jorge—. Un hervor rápido es lo único que le hace falta.

Se dirigió a casa, tambaleándose por el peso de la enorme cacerola.

De camino, pasó por delante del garaje, así que entró a ver si encontraba alguna otra cosa interesante. Añadió lo siguiente:

Cuarto litro de aceite de motor para que el motor de la abuela funcionara suavemente.

Algo de anticongelante para que su radiador no se congelase en invierno.

Un poco de grasa para engrasar sus chirriantes articulaciones.

Y luego, vuelta a la cocina.

La cocción

En la cocina, Jorge colocó la cacerola sobre el fuego y subió la llama del gas al máximo.

—¡Jorge! —llegó la espantosa voz desde la habitación de al lado—. ¡Es la hora de mi medicina!

—Todavía no, abuela —contestó Jorge—. Faltan veinte minutos.

—¿Qué diabluras estás haciendo ahí? —chilló la abuela—. Oigo ruidos.

Esta vez Jorge pensó que era mejor no contestar. Encontró en un cajón una cuchara larga de madera y empezó a remover con fuerza. La mezcla se iba calentando más y más.

Pronto, la maravillosa mezcla comenzó a hacer espuma. Un humo azul intenso, color pavo real, se elevó del líquido y un olor penetrante y temible llenó la cocina, haciendo toser a Jorge. Era un olor diferente de cualquier otro que él hubiera conocido. Un olor brutal y fascinante, picante y asombroso, rabioso y enloquecedor, lleno de brujería y magia. Cada vez que le subía por la nariz, le estallaban cohetes en el cráneo y un cosquilleo eléctrico le recorría las piernas. Era estupendo estar allí, removiendo aquella mezcla fabulosa, y verla echando un humo azul, burbujeando y espumeando como si estuviera viva. Hubo un momento en el que hubiera jurado que veía chispas brillantes centelleando en el remolino de espuma.

Y, de repente, Jorge se encontró bailando alrededor de la humeante cacerola, canturreando unas palabras extrañas que se le venían a la cabeza, sin que supiera de dónde salían:

Caldo de fuego, pócima de bruja.
Espuma hirviente, rico azul.
Humea, espumea, rocía...
Brebaje burbujeante que alegra.

Míralo salpicar, bullir, batir.
Escúchalo silbar, sisear, borbotear.
Que la abuela comience a rezar.

Pintura marrón

Jorge apagó la llama bajo la cacerola. Tenía que dejar mucho tiempo para que la mezcla se enfriase.

Cuando ya no hubo nada de vapor ni de espuma, se asomó a la gigantesca olla para ver de qué color había quedado la medicina. Era de un azul profundo y vivo.

—Hay que ponerle más marrón —dijo Jorge—. Tiene que ser marrón, si no, ella sospechará.

Jorge salió corriendo y entró como una flecha en el cobertizo de las herramientas, donde su padre guardaba las pinturas. Había una hilera de botes en el estante, de todos los colores, negro, verde, rojo, rosa, blanco y marrón. Alcanzó el bote de pintura marrón. La etiqueta decía sencillamente «Pintura brillante marrón oscuro». Tomó un destornillador y levantó la tapa. El bote estaba casi lleno. Se lo llevó a la cocina apresuradamente. Lo echó en la olla, que quedó llena hasta el borde. Con mucha suavidad, Jorge disolvió la pintura en la mezcla, removiendo con la cuchara larga de madera. ¡Ajá! ¡Se ponía marrón! ¡Un bonito marrón cremoso!

—¿Dónde está esa medicina, chico? —llegó la voz desde el cuarto de estar—. ¡Te olvidas de mí! ¡Lo haces aposta! ¡Se lo diré a tu madre!

—No me olvido de ti, abuela —contestó Jorge—. Pienso en ti todo el tiempo. Pero aún faltan diez minutos.

—¡Eres un asqueroso gusanillo! —chilló la voz—. Un gusanillo perezoso y desobediente... y estás creciendo demasiado rápido.

Jorge cogió del aparador el frasco de la verdadera medicina. Le quitó el corcho y la vació en el fregadero. Luego llenó el frasco con su propia mezcla mágica, sumergiendo una jarrita pequeña en la olla y utilizándola para trasegar el líquido. Volvió a poner el corcho.

¿Se habría enfriado ya lo suficiente? No del todo. Sostuvo el frasco bajo el grifo del agua fría durante unos minutos. Al mojarse, la etiqueta

se despegó, pero eso no importaba. Secó el frasco con un paño.

¡Hecho!

¡Ya estaba todo listo!

¡Había llegado el gran momento!

—¡Es la hora de la medicina, abuela! —gritó.

—Eso espero —fue la gruñona respuesta.

La cuchara de plata que se usaba siempre para darle la medicina estaba preparada sobre el aparador de la cocina. Jorge la cogió.

Sosteniendo la cuchara en una mano y el frasco en la otra, entró en el cuarto de estar.

La abuela
toma la medicina

La abuela se sentaba, encorvada, en su sillón junto a la ventana. Los maliciosos ojillos no se apartaron de Jorge mientras él cruzaba la habitación.

—Llegas tarde —soltó.

—Creo que no, abuela.

—¡No me interrumpas en mitad de una frase! —gritó.

—Pero si habías terminado la frase, abuela.

—¡Otra vez igual! —chilló ella—. Siempre interrumpiendo y discutiendo. Verdaderamente, eres un niño insoportable. ¿Qué hora es?

—Exactamente las once, abuela.

—Mientes, como de costumbre. Deja de hablar tanto y dame mi medicina. Agita el frasco, primero. Luego, échala en la cuchara y asegúrate de que sea una cucharada llena.

—¿Te la vas a tragar de un golpe? —le preguntó Jorge—. ¿O la tomas a sorbitos?

—Lo que yo haga no es asunto tuyo —dijo la vieja—. Llena la cuchara.

Mientras quitaba el corcho y empezaba a verter muy despacio el espeso líquido marrón en la cuchara, Jorge no pudo evitar el recordar todas las cosas locas y maravillosas que constituían los ingredientes de esta mezcla disparatada: el jabón de afeitar, el depilatorio, el tratamiento anticaspa, los polvos de la lavadora automática, los polvos contra las pulgas, el betún, la pimienta negra, la salsa de rábanos y todo lo demás, por no mencionar las fuertes píldoras, polvos y líquidos para los animales... y la pintura marrón.

—Abre bien la boca —dijo— y te la meto dentro.

La vieja abrió su pequeña boca arrugada, mostrando unos asquerosos dientes marrón claro.

—¡Vamos allá! —gritó Jorge—. ¡Trágatelo!

Metió la cuchara bien adentro y le echó la mezcla por la garganta. Luego se apartó para observar el resultado.

Valía la pena.

La abuela aulló «¡Ouiiiii!» y todo su cuerpo salió disparado, *juush,* por los aires. Era exactamente como si alguien hubiera metido un cable eléctrico a través del asiento de su sillón y hubiese conectado la corriente. Subió como impulsada por un resorte... y no bajó... se quedó allí... suspendida en el aire... a unos sesenta centímetros… aún en posición sentada… pero ahora, rígida… congelada… temblando… los ojos fuera de las órbitas… los pelos de punta.

—¿Pasa algo, abuela? —le preguntó Jorge, cortésmente—. ¿Estás bien?

Suspendida allí, en el espacio, la vieja se había quedado sin habla.

La reacción que la maravillosa mezcla de Jorge le había producido debía ser tremenda.

Se podría pensar que se había tragado un atizador al rojo vivo por la forma en que despegó del sillón.

Luego volvió a bajar y cayó sobre su asiento con un *plop*.

—¡Llama a los bomberos! —gritó de pronto—. ¡Me arde el estómago!

—Es la medicina, abuela —dijo Jorge—. Es fuerte y buena.

—¡Fuego! —chilló la vieja—. ¡Fuego en el sótano! ¡Trae un cubo! ¡Usa la manguera! ¡Haz algo, rápido!

—¡Calma, abuela! —dijo Jorge.

Pero se asustó un poco cuando vio que le salía humo por la boca y la nariz, nubes de humo negro que flotaban en el cuarto.

—Madre mía, estás ardiendo de verdad —dijo Jorge.

—¡Claro que estoy ardiendo! —chilló ella—. ¡Acabaré chamuscada, churruscada! ¡Frita como una patata! ¡Hervida como una remolacha!

Jorge corrió a la cocina y volvió con una jarra de agua.

—Abre la boca, abuela —gritó.

Entre el humo, apenas la veía, pero logró echarle media jarra de agua por la garganta. Un sonido siseante, como el que hace una sartén caliente si se pone bajo el grifo del agua fría, surgió de las profundidades de la abuela.

La vieja bruja dio un respingo y un bufido. Jadeó y gorgoteó. Le salieron chorros de agua por la boca. Y el humo se desvaneció.

—El fuego está apagado —anunció Jorge orgullosamente—. Ahora estarás bien, abuela.

—¿Bien? —aulló ella—. ¿Quién está bien? ¡Tengo saltamontes en el estómago! ¡Tengo culebras en la barriga! ¡Tengo petardos en el trasero!

Empezó a dar brincos en el sillón. Era evidente que no se sentía muy a gusto.

—Ya verás cómo te sienta bien la medicina, abuela.

—¿Bien? —berreó ella—. ¿Sentarme bien? ¡Me está matando!

Luego comenzó a engordar.

¡Se estaba hinchando!

Alguien la estaba inflando con una bomba... ¡Eso es lo que parecía!

¿Reventaría?

¡Su cara iba pasando del color morado al verde!

¡Un momento! ¡Tenía un pinchazo en algún sitio! Jorge oía el escape de aire. Había dejado de hincharse y se estaba reduciendo. Iba adelgazando lentamente, encogiéndose poco a poco hasta volver a ser una vieja arrugadita.

—¿Cómo van las cosas, abuela? —preguntó Jorge.

No hubo respuesta.

Luego sucedió una cosa rara. El cuerpo de la abuela dio una repentina y fuerte sacudida y saltó del sillón, aterrizando limpiamente sobre sus pies en la alfombra...

—¡Eso es fantástico, abuela! —gritó Jorge—. ¡No habías estado así desde hace años! ¡Fíjate! ¡Estás de pie tú sola, sin bastón, ni nada!

La abuela ni siquiera le oía. Tenía otra vez los ojos saltones, con la mirada fija. Estaba a kilómetros de allí, en otro mundo.

Maravillosa medicina, se dijo Jorge. Encontraba fascinante estar allí, observando el efecto que le hacía a la bruja. ¿Qué pasaría ahora?, se preguntó.

Pronto lo descubrió.

De repente, ella empezó a crecer.

Al comienzo fue bastante despacio... solamente un crecimiento muy gradual... arriba, arriba... centímetro a centímetro... cada vez más alta y más alta... aproximadamente un centímetro cada pocos minutos... y, al principio, Jorge no lo notó.

Pero cuando había pasado de la marca de un metro sesenta y ocho centímetros y continuaba subiendo, camino del metro ochenta, Jorge dio un salto y gritó:

—¡Eh, abuela! ¡Estás creciendo! ¡Estás subiendo! ¡Espera, abuela! ¡Más vale que pares o chocarás con el techo!

Pero la abuela no paró.

Era un espectáculo realmente fantástico ver a aquel vejestorio esmirriado crecer y crecer, alargándose y adelgazando más y más, como si fuese un pedazo de elástico que unas manos invisibles estuvieran estirando.

Cuando su coronilla tocó finalmente el techo, Jorge pensó que tendría que parar ya.

Pero, no.

Hubo un crujido, y una lluvia de trocitos de yeso y cemento se desprendió del techo.

—¿No sería mejor que parases ya, abuela? —dijo Jorge—. Papá acaba de pintar toda la habitación.

Pero ya no había forma de pararla.

Pronto, su cabeza y sus hombros habían desaparecido por un agujero en el techo y seguía creciendo.

Jorge subió las escaleras como un rayo hacia su propio cuarto, y allí estaba ella, saliendo del suelo como una seta.

—¡Yuupii! —gritó, recuperando la voz al fin—. ¡Hurra, aquí estoy!

—Cálmate, abuela —dijo Jorge.

—¡Ánimo y arriba! —gritó ella—. ¡Fíjate cómo crezco!

—Éste es mi cuarto —dijo Jorge—. Y mira cómo me lo estás poniendo.

—¡Estupenda medicina! —gritó ella—. ¡Dame un poco más!

Está como una cabra, pensó Jorge.

—¡Venga, muchacho! ¡Dame más! ¡Prepárala! ¡Estoy perdiendo velocidad!

Jorge continuaba aferrando el frasco de la medicina en una mano y la cuchara en la otra.

Bueno, pensó, ¿por qué no? Sirvió una segunda dosis y se la metió en la boca:

—¡Uyyy! —chilló ella, y se lanzó hacia arriba. Sus pies seguían en el cuarto de estar, en el piso de abajo, pero su cabeza se aproximaba rápidamente al techo del dormitorio.

—¡Allá voy, muchacho! —gritó ella desde la altura—. ¡Mírame!

—¡Tienes la buhardilla encima, abuela! —gritó Jorge—. ¡Yo que tú, no entraría ahí! ¡Está llena de bichos y de fantasmas!

¡Crash! La cabeza de la vieja atravesó el techo como si fuese de mantequilla.

Jorge permaneció en su dormitorio contemplando los destrozos. Había un gran agujero en el suelo y otro en el techo, y entre los dos, como un poste, estaba el cuerpo de la abuela. Sus piernas estaban en el cuarto de abajo y su cabeza en la buhardilla.

—Sigo creciendo —llegó desde arriba la voz chillona—. Dame otra dosis, muchacho, ¡y atravesaré el tejado!

—¡No, abuela, no! —contestó Jorge—. ¡Estás destrozando toda la casa!

—¡A la porra la casa! —gritó ella—. ¡Quiero tomar aire fresco! ¡Hace veinte años que no salgo!

—¡Madre mía, va a atravesar el tejado! —se dijo Jorge.

Corrió escaleras abajo, cruzó precipitadamente la puerta trasera y salió al patio. Sería sencillamente espantoso, pensó, que rompiera también el tejado. Su padre se pondría furioso. Y le echaría la culpa a él. Él había hecho la medicina. Él le había dado demasiada cantidad.

—No atravieses el tejado, abuela —rezó—. No, por favor.

La gallina marrón

Jorge se quedó parado en el patio, mirando al tejado. La vieja granja tenía un hermoso tejado de tejas rojo claro y altas chimeneas.

No había señales de la abuela. Solamente se veía un tordo posado en una chimenea, cantando una canción. La bruja se ha quedado atascada en la buhardilla, pensó Jorge. Gracias a Dios.

De pronto, una teja se desprendió y cayó al patio. El tordo echó a volar y se alejó rápidamente.

Después, se vino abajo otra teja.

Luego, media docena más.

Y entonces, muy despacio, como un extraño monstruo de las profundidades, la cabeza de la abuela apareció por el tejado...

Luego, el cuello flaco...

—¿Qué tal lo hago? —gritó—. ¿Qué te parece este estirón?

—¿No crees que deberías parar ya, abuela?

—¡Ya he parado! —contestó—. ¡Me encuentro fenomenal! ¿No te dije que tenía poderes

mágicos? ¿No te advertí de que tenía brujería en las puntas de los dedos? Pero tú no querías creerme, ¿verdad? ¡No querías escuchar a tu abuelita!

—Esto no lo has hecho tú, abuela —le contestó Jorge—. ¡Lo hice yo! ¡Te preparé una nueva medicina!

—¿Una nueva medicina? ¿Tú? ¡Qué tontería! —vociferó.

—¡Sí! ¡Sí! —gritó él.

—¡Mientes, como de costumbre! —vociferó la abuela—. ¡Siempre estás mintiendo!

—No miento, abuela. Te juro que no.

La cara arrugada le miró desde lo alto del tejado, con suspicacia.

—¿Quieres decir que de verdad hiciste una nueva medicina tú solo? —gritó.

—Sí, abuela, yo solo.

—No te creo —contestó ella—. Pero estoy muy cómoda aquí arriba. Tráeme una taza de té.

Había una gallina marrón picoteando por el suelo, cerca de donde estaba Jorge, y al verla, se le ocurrió una idea. Rápidamente, destapó el frasco de la medicina y echó en la cuchara un poco de líquido.

—¡Mira esto, abuela!

Se agachó, ofreciendo la cuchara a la gallina.

—Gallinita —dijo—. Pita-pita-pita. Ven aquí. Toma esto.

Las gallinas son unas aves muy tontas y muy voraces. Creen que todo es comida. Ésta pensó que la cuchara estaba llena de grano. Se acercó a saltitos, torció la cabeza a un lado y miró la cuchara.

—Anda, gallinita —dijo Jorge—. Gallinita buena. Pita-pita-pita.

La gallina extendió el cuello hacia la cuchara y picó. Bebió un poco de medicina.

El efecto fue electrizante.

«Uyyy», hizo la gallina, y salió disparada por los aires, como un cohete, hasta la altura de la casa.

Luego cayó al suelo, *plof,* y se quedó allí sentada, con todas las plumas tiesas y una expresión de asombro en su estúpida cara. Jorge se quedó observándola. Desde lo alto del tejado, la abuela la observaba también.

La gallina se puso de pie, bastante temblorosa. Hacía un gorgoteo raro con la garganta y abría y cerraba el pico. Tenía el aspecto de una gallina muy enferma.

—¡Buena la has hecho, estúpido! —gritó la abuela—. ¡Esa gallina se va a morir! ¡Tu padre se pondrá furioso contigo! ¡Te dará una paliza, y te estará bien empleado!

De repente, la gallina empezó a echar humo negro por el pico.

—¡Está ardiendo! —vociferó la abuela—. ¡La gallina está ardiendo!

Jorge corrió al abrevadero y trajo un cubo de agua.

—¡Esa gallina estará asada y lista para comer dentro de un momento! —gritó la abuela.

Jorge vació el cubo de agua sobre la gallina. Se oyó un sonido siseante y el humo se desvaneció.

—¡La gallina ha puesto su último huevo! ¡Las gallinas no ponen huevos después de haber estado en el fuego! —gritó la abuela.

Ahora que se había apagado el fuego, la gallina parecía encontrarse mejor. Se sostenía bien en pie y agitó las alas. Luego se agachó, como si se preparase a saltar. Y saltó. Saltó muy alto y dio una voltereta completa, aterrizando sobre las patas.

—¡Es una gallina de circo! —gritó la abuela desde el tejado—. ¡Es una condenada acróbata!

Entonces la gallina empezó a crecer.

Jorge había estado esperando que sucediera esto.

—¡Está creciendo! —chilló—. ¡Está creciendo, abuela! ¡Mira cómo crece!

Se volvía más y más grande... más y más alta. Pronto tuvo cuatro o cinco veces su tamaño normal.

—¿Lo ves, abuela? —gritó Jorge.

—¡Lo veo, muchacho! —contestó ella—. ¡La estoy mirando!

Jorge daba brincos, muy excitado, señalando a la enorme gallina y gritando:

—Ha tomado la medicina mágica, abuela, ¡y está creciendo como te pasó a ti!

Pero había una diferencia entre la forma en que crecía la gallina y la forma en que había crecido la abuela. A medida que la abuela se volvía cada vez más alta, se ponía cada vez más delgada. La gallina, no. Seguía estando gorda y hermosa.

Pronto fue más alta que Jorge, pero no se detuvo ahí. Continuó creciendo hasta que fue tan grande como un caballo, más o menos. Entonces, paró.

—¿A que está maravillosa, abuela? —gritó Jorge.

—¡No es tan alta como yo! —canturreó la abuela—. ¡Comparada conmigo, esa gallina es pequeñísima! ¡Yo soy la más alta de todos!

El cerdo, los bueyes,
las ovejas, el poni y la cabra

En ese momento, la madre de Jorge volvió de sus compras en el pueblo. Metió el coche en el patio y se bajó. Llevaba una botella de leche en una mano y una bolsa de comestibles en la otra.

Lo primero que vio fue la gigantesca gallina marrón, que dejaba a Jorge chiquito. Se le cayó la botella de leche.

Luego, la abuela empezó a gritar desde lo alto del tejado y, cuando levantó los ojos y vio la cabeza de la abuela saliendo por entre las tejas, se le cayó la bolsa de comestibles.

—¿Qué te parece esto, eh, Mary? —gritaba la abuela—. ¡Apuesto que nunca has visto una gallina tan grande como ésa! ¡Es la gallina gigante de Jorge!

—Pero… pero… pero… —tartamudeó la madre de Jorge.

—¡Es la medicina mágica de Jorge! —gritó la abuela—. ¡La hemos tomado las dos, la gallina y yo!

enorme cacerola llena en la cocina, y este frasco está casi lleno.

—¡Ven conmigo! —vociferó el señor Locatis, agarrando a Jorge por un brazo—. ¡Trae la medicina! Durante años y años he estado intentando criar animales cada vez mayores. Vacas, cerdos y corderos más grandes, para que diesen más carne.

Fueron primero a la porqueriza.

Jorge le dio una cucharada de la medicina al cerdo.

—Pero, ¿cómo diablos te subiste al tejado? —chilló la madre.

—¡No me subí! —cacareó la abuela—. ¡Sigo teniendo los pies en el suelo del cuarto de estar!

Esto era más de lo que la madre de Jorge podía entender. Se quedó allí, con la boca abierta y los ojos bizcos. Parecía estar a punto de desmayarse.

Un segundo después, apareció el padre (

Jorge. Su nombre era señor Locatis. El señor Locatis era un hombre bajito, con las piernas torcidas y una cabeza enorme. Con Jorge era un padre cariñoso, pero no resultaba fácil convivir con él, porque hasta las cosas más pequeñas le ponían nervioso y excitado. La gallina que estaba en el patio no era, ciertamente, una cosa pequeña, y cuando el señor Locatis la vio, empezó a dar saltos como si algo le quemara los pies.

—¡Madre mía! —gritó, agitando los brazos—. ¿Qué es esto? ¿Qué ha pasado? ¿De dónde ha salido? ¡Es una gallina gigante! ¿Quién ha hecho esto?

—Yo —dijo Jorge.

—¡Mírame a mí! —gritó la abuela desde el tejado—. ¡No te preocupes por la gallina! Y yo, ¿qué?

El señor Locatis miró hacia arriba y vio a la abuela.

—Cállate, abuela —dijo.

No parecía sorprenderle que la vieja saliera por el tejado. Era la gallina lo que le excitaba. Nunca había visto nada igual. Pero, claro, ¿quién lo había visto?

—¡Es fantástica! —gritó, bailando y dando vueltas—. ¡Es colosal! ¡Es gigantesca! ¡Es tremenda! ¡Es un milagro! ¿Cómo lo hiciste, Jorge?

Jorge comenzó a contarle a su padre lo de la medicina mágica. Mientras se lo contaba, la

gallina marrón se sentó en medio del patio y se puso a hacer *clo-clo-clo... clo-clo-clo-clo-clo*.

Todos se quedaron mirándola fijamente.

Cuando volvió a ponerse de pie, había un huevo marrón en el suelo. El huevo era del tamaño de un balón.

—Con ese huevo se podrían hacer huevos revueltos para veinte personas —dijo la señora Locatis.

—¡Jorge! —gritó ¿Qué cantidad de esta med

—Mucha —conte

El cerdo echó humo por la nariz y brincó por todos sitios. Luego, creció y creció.

Al final, tenía este aspecto...

Fueron a la manada de hermosos bueyes negros que el señor Locatis estaba tratando de engordar para llevar al mercado.

Jorge les dio un poco de la medicina a cada uno de ellos, y esto es lo que ocurrió:

Luego, a los corderos…

Le dio otro poco a su poni gris…

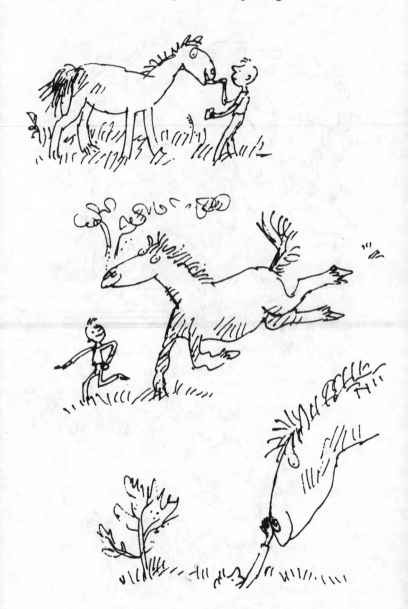

Y por último, sólo por divertirse, le dio un poco a Alma, la cabra…

Una grúa para la abuela

La abuela, desde lo alto del tejado, veía todo lo que pasaba, y no le gustaba nada lo que veía. Quería ser el centro de atención y nadie le hacía el menor caso. Jorge y el señor Locatis corrían de acá para allá y se entusiasmaban con los

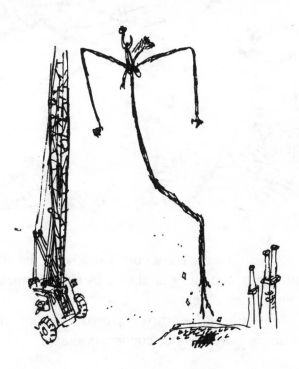

enormes animales. La señora Locatis estaba fregando en la cocina, y la abuela estaba completamente sola en el tejado.

—¡Eh, tú! —gritó—. ¡Jorge! ¡Tráeme una taza de té ahora mismo, condenado vago!

—No hagas caso a la vieja —dijo el señor Locatis—. Está ahí atrapada, afortunadamente.

—Pero no podemos dejarla ahí arriba, papá —dijo Jorge—. ¿Y si llueve?

—¡Jorge! —chilló la abuela—. ¡Eres un niño insoportable! ¡Un asqueroso gusano! ¡Tráeme una taza de té inmediatamente y una rebanada de bizcocho con pasas!

—Tendremos que sacarla de ahí, papá —dijo Jorge—. No nos dejará en paz si no lo hacemos.

La señora Locatis salió de la casa y se mostró de acuerdo con Jorge.

—Es mi madre —dijo.

—Es una pelmaza —dijo el señor Locatis.

—No me importa —dijo ella—. No voy a dejar a mi madre asomando por el tejado para el resto de su vida.

Así que, finalmente, el señor Locatis telefoneó a la Compañía de Grúas y pidió que le mandasen en seguida la grúa más grande que tuvieran.

La grúa llegó una hora más tarde. Iba montada sobre ruedas y había dos hombres dentro. Los hombres subieron al tejado y le ataron cuerdas a la abuela por debajo de los brazos. Luego, tiraron de ella y la sacaron por encima del tejado...

En cierto modo, la medicina le había sentado bien a la abuela. No la había vuelto menos gruñona y malhumorada, pero, al parecer, le había curado todos sus dolores y molestias y, de pronto, estaba tan juguetona como un cachorrito.

En cuanto la grúa le dejó en el suelo, corrió hacia el enorme poni de Jorge y lo montó de un salto. La vieja bruja, que ahora era tan alta como una

casa, se puso a galopar por toda la granja, saltando por encima de árboles y cobertizos, y gritando:

—¡Apartaos de mi camino! ¡Despejad las cubiertas! ¡Quitaos de en medio, miserables enanos, si no queréis que os aplaste! —y otras tonterías semejantes.

Pero, como la abuela era ahora demasiado alta para poder entrar en la casa, esa noche tuvo que dormir en el granero con las ratas y los ratones.

La gran idea
del señor Locatis

Al día siguiente, el padre de Jorge bajó a desayunar en un estado de excitación mayor que nunca.

—¡He pasado toda la noche despierto, pensando en eso! —gritó.

—¿En qué, papá? —preguntó Jorge.

—¡En tu maravillosa medicina, claro está! ¡Ahora no podemos detenernos, hijo mío! ¡Tenemos que empezar a hacer más en seguida! ¡Más y más y más!

El día anterior habían vaciado completamente la gigantesca cacerola, porque había muchos corderos, cerdos, vacas y bueyes a los cuales tenían que dar una dosis.

—Pero, ¿para qué necesitamos más, papá? —preguntó Jorge—. Se la hemos dado a todos nuestros animales y hemos hecho que la abuela se ponga más juguetona que un cachorrito, a pesar de que tiene que dormir en el granero.

—Mi querido hijo —gritó el señor Locatis—, ¡necesitamos barriles y barriles! ¡Toneladas y toneladas! ¡Luego se la venderemos a todos los granjeros del mundo, para que todos puedan tener animales gigantes! Construiremos una Fábrica de la Maravillosa Medicina y la venderemos en frascos, a cinco libras cada uno. ¡Nos haremos ricos y tú serás famoso!

—Pero, espera un momento, papá —dijo Jorge.

—¡Nada de esperar! —gritó el señor Locatis, tan nervioso que puso mantequilla en su café y leche en la tostada—. ¿No comprendes lo que este fabuloso invento tuyo va a significar para el mundo? ¡Nadie volverá a pasar hambre nunca!

—¿Por qué? —preguntó Jorge:

—¡Porque una vaca gigante dará cin-

cuenta cubos de leche al día! —gritó el señor Locatis, agitando los brazos—. ¡Un pollo gigante servirá para cien cenas de pollo frito, y de un cerdo gigante se harán mil chuletas! ¡Es fabuloso, hijo mío! ¡Es fantástico! ¡Esto cambiará el mundo!

—Pero espera un minuto, papá —dijo Jorge otra vez.

—¡No sigas diciendo que espere un minuto! —gritó el señor Locatis—. ¡No hay un minuto que perder! ¡Tenemos que ponernos en marcha ahora mismo!

—Cálmate, querido —dijo la señora Locatis—. Y deja de poner mermelada en tus cereales.

—¡Al diablo mis cereales! —gritó el señor Locatis, levantándose de su silla de un salto—. ¡Venga, Jorge! ¡Vamos allá! Lo primero que vamos a hacer es preparar otra cacerola de medicina, como prueba.

—Pero, papá —dijo Jorge—, el problema es...

—No habrá ningún problema, hijo —gritó el señor Locatis—. ¿Cómo puede haber problemas? Lo único que tienes que hacer es poner en la olla los mismos productos que pusiste ayer. Y mientras lo haces, yo iré apuntando cada cosa. ¡Y así obtendremos la receta mágica!

—Pero, papá —dijo Jorge—. Por favor, escúchame.

—¿Por qué no le escuchas? —dijo la señora Locatis—. El chico está tratando de decirte algo.

Pero el señor Locatis estaba demasiado excitado para escuchar a nadie, salvo a sí mismo.

—Y luego —gritó—, cuando la nueva mezcla esté lista, la probaremos con una gallina vieja, sólo para estar absolutamente seguros de que nos ha salido bien, y después de eso, ¡todos gritaremos viva y construiremos una fábrica gigante!

—Pero, papá...

—Bueno, venga, ¿qué es lo que quieres decirme?

—No puedo recordar todos los cientos de cosas que puse en la cacerola para hacer la medicina —dijo Jorge.

—Claro que puedes, hijo —gritó el señor Locatis—. ¡Yo te ayudaré! ¡Estimularé tu memoria! Al final te acordarás, ¡ya lo verás! Así que, ahora, ¿cuál fue la primera cosa que pusiste?

—Primero fui al cuarto de baño —dijo Jorge—. Usé un montón de cosas del cuarto de baño y del tocador de mamá.

—¡Vamos, entonces! —gritó el señor Locatis—. ¡Subiremos al cuarto de baño!

Cuando llegaron allí encontraron, naturalmente, un montón de tubos, aerosoles y frascos vacíos.

—Magnífico —dijo el señor Locatis—. Así sabemos exactamente lo que usaste. Si algo está vacío, quiere decir que lo utilizaste.

Por lo tanto, el señor Locatis empezó a hacer una lista de todo lo que estaba vacío en el cuarto de baño. Luego fueron al tocador de la señora Locatis.

—Una caja de polvos —dijo el señor Locatis, anotándolo—. Laca Helga. Perfume Flores de Nabo. Estupendo. Esto va a ser fácil. ¿Dónde fuiste después?

—Al lavadero —dijo Jorge—. Pero, ¿estás seguro de que no te has olvidado nada aquí, papá?

—Eso eres tú quien debe decirlo. ¿Falta algo?

—Creo que no —dijo Jorge.

Así que bajaron al lavadero y el señor Locatis se puso otra vez a escribir los nombres de todos los frascos y botes vacíos.

—¡Dios mío, qué barbaridad de cosas usaste! —gritó—. ¡No me extraña que tuviera efectos mágicos! ¿Eso es todo?

—No, papá.

Jorge llevó a su padre al cobertizo donde se guardaban las medicinas de los animales y le enseñó los cinco frascos grandes, vacíos, que estaban sobre el estante. El señor Locatis escribió todos los nombres.

—¿Algo más?

Jorge se rascó la cabeza y pensó y pensó, pero no pudo recordar haber puesto nada más.

El señor Locatis se metió en su coche a toda prisa y se fue al pueblo a comprar nuevos frascos, tubos y botes de todas las cosas que había en la lista. Luego fue al veterinario y compró una nueva remesa de todas las medicinas para animales que Jorge había usado.

—Ahora enséñame cómo lo hiciste, Jorge —le dijo—. Vamos. Enséñame exactamente cómo lo mezclaste todo.

La Maravillosa Medicina n.º 2

Ahora se encontraban en la cocina y la gran cacerola estaba sobre el fuego. Todas las cosas que el señor Locatis había comprado estaban alineadas cerca del fregadero.

—¡Adelante, hijo mío! —gritó el señor Locatis—. ¿Cuál pusiste primero?

—Esto —dijo Jorge—. Champú Brillodorado.

Vació el frasco en la olla.

—Ahora la pasta de dientes —continuó Jorge—. Y el jabón de afeitar... y la crema para la cara... y el esmalte de uñas...

—¡Sigue, muchacho! —gritó el señor Locatis, bailando por la cocina—. ¡Sigue echándolos! ¡No te detengas! ¡No descanses! ¡No vaciles! ¡Es un placer verte trabajar!

Uno por uno, Jorge vertió y estrujó los productos dentro de la cacerola. Teniendo todo tan a mano, el trabajo no le llevó más de diez minutos. Pero cuando terminó, la olla parecía estar tan llena como la primera vez.

—¿Qué hiciste ahora? —gritó el señor Locatis—. ¿Lo removiste?

—Lo herví —dijo Jorge—. Pero no mucho rato. Y también lo removí.

Así que el señor Locatis encendió el gas debajo de la olla y Jorge removió la mezcla con la misma cuchara larga de madera que había usado antes.

—No queda lo bastante marrón —dijo Jorge—. ¡Espera un minuto! ¡Ya sé lo que he olvidado!

—¿Qué? —gritó el señor Locatis—. Dime, ¡rápido! Porque si hemos olvidado algo, aunque sea la cosa más pequeña, ¡entonces, no servirá! Por lo menos, no de la misma manera.

—Un cuarto de pintura brillante marrón —dijo Jorge—. Eso es lo que se me olvidó.

El señor Locatis salió disparado de la casa y entró en su coche como un cohete. Condujo a toda velocidad hasta el pueblo, compró la pintura y volvió rápidamente. Abrió la lata en la cocina y se la entregó a Jorge, el cual echó la pintura en la cazuela.

—Ajá, eso está mejor —dijo Jorge—. Ahora se parece más el color.

—¡Está hirviendo! —gritó el señor Locatis—. ¡Está hirviendo y burbujeando, Jorge! ¿Está listo ya?

—Ya está listo —dijo Jorge—. Al menos, eso espero.

—¡Estupendo! —gritó el señor Locatis, dando saltitos—. ¡Vamos a probarlo! ¡Vamos a dárselo a un pollo!

—Dios mío, ¿por qué no te calmas un poco? —dijo la señora Locatis, entrando en la cocina.

—¿Calmarme? —vociferó el señor Locatis—. Pretender que me calme, ¡cuando estamos preparando la medicina más extraordinaria que se ha descubierto nunca en la historia del mundo! ¡Anda, Jorge! Llena una taza en la olla y coge una cuchara; le daremos un poco a un pollo, sólo para estar absolutamente seguros de que hemos hecho la mezcla correcta.

Fuera, en el patio, había varios pollos que no habían tomado la Maravillosa Medicina de Jorge n.º 1. Estaban picoteando en la tierra de esa forma tan tonta en que lo hacen los pollos.

Jorge se agachó y tendió una cucharada de la Maravillosa Medicina n.º 2.

—Ven, pollo —dijo—. Pollito. Pita-pita-pita.

Un pollo blanco con manchas negras en las plumas levantó la cabeza y miró a Jorge. Se acercó a la cuchara y picó.

El efecto que la medicina n.º 2 le hizo a este pollo no era exactamente igual al que producía la medicina n.º 1, pero era muy interesante. El pollo chilló «Juuush», salió disparado hasta dos metros de altura y volvió a bajar. Entonces, de su pico saltaron chispas, chispas de fuego, amarillas, brillantes, como si alguien estuviese afilando un cuchillo en una piedra dentro de su tripa. Luego, sus patas empezaron a crecer. Su cuerpo permaneció del mismo tamaño, pero las dos patas delgadas y amarillas se volvieron cada vez más largas y más largas y más largas... y todavía más largas...

—¿Qué le pasa? —gritó el señor Locatis.

—Algo va mal —dijo Jorge.

Las patas continuaron creciendo, y cuanto más crecían, más subía el cuerpo del pollo. Cuando las patas medían unos cuatro metros, dejaron de crecer. El pollo tenía un aspecto perfectamente absurdo con aquellas patas largas, largas, y allá en lo alto, un cuerpecillo corriente. Parecía un pollo montado en zancos.

—¡Oh, madre mía! —gritó el señor Locatis—. ¡Lo hemos hecho mal! ¡Este pollo no vale para nada! ¡Es todo patas! ¡Nadie quiere patas de pollo!

—Debo de haberme olvidado de algo —dijo Jorge.

—¡Claro que te has olvidado de algo!
—gritó el señor Locatis—. ¡Piensa, muchacho,
piensa! ¿Qué es?

—¡Ya lo tengo! —dijo Jorge.

—¿Qué era? ¡Rápido!

—Polvos antipulgas para perros.

—¿Quieres decir que pusiste polvos antipulgas en la primera?

—Sí, papá. Un paquete entero.

—¡Entonces, es eso!

—Espera un minuto —dijo Jorge—. ¿Pu-
simos betún marrón en la lista?

—No.

—También lo usé.

—Vaya, no me extraña que saliera mal
—dijo el señor Locatis.

Ya iba corriendo hacia el coche y pronto
estuvo camino del pueblo para comprar más polvos antipulgas y más betún.

—¡Aquí está! —gritó el señor Locatis, al entrar corriendo en la cocina—. ¡Un paquete de polvos antipulgas y una lata de betún marrón!

Jorge echó los polvos en la gigantesca olla. Luego, sacó el betún de la lata y lo añadió también.

—¡Revuélvelo, Jorge! —gritó el señor Locatis—. ¡Dale otro hervor! ¡Esta vez lo hemos conseguido! ¡Apuesto a que lo hemos conseguido!

Después de haber hervido y removido la Maravillosa Medicina n.º 3, Jorge llenó una taza con la mezcla, para probarla en otro pollo. El señor Locatis corrió tras él, agitando los brazos y dando brincos.

—¡Ven a verlo! —le gritó a la señora Locatis—. ¡Ven a ver cómo convertimos un pollo corriente en otro grandísimo y hermoso, que ponga huevos del tamaño de balones!

—Espero que lo hagáis mejor que la otra vez —dijo la señora Locatis, siguiéndoles al patio.

—Venid, pollos —dijo Jorge, ofreciéndoles una cucharada de la medicina n.º 3—. Pollitos. Pita-pita-pita-pita. Tomad un poco de esta estupenda medicina.

Un magnífico gallo joven, negro con la cresta roja, se acercó con pasitos menudos. El gallo miró la cuchara y picó.

«Kikirikííí!», cantó el gallo, saliendo disparado por los aires y bajando de nuevo.

—¡Obsérvale ahora! —gritó el señor Locatis—. ¡Observa cómo crece! ¡En cualquier momento empezará a hacerse cada vez más grande!

El señor Locatis, la señora Locatis y el pequeño Jorge se quedaron mirando fijamente al gallo negro. El gallo permaneció muy quieto, con aspecto de tener dolor de cabeza.

—¿Qué le ocurre a su cuello? —preguntó la señora Locatis.

—Se está alargando —dijo Jorge.

—Ya lo creo que se está alargando —dijo la señora Locatis.

Por una vez, el señor Locatis no dijo nada.

—La última vez fueron las patas —dijo la señora Locatis—. Ahora es el cuello. ¿Quién va a querer un pollo con el cuello largo? Los cuellos de pollo no se comen.

Era un espectáculo extraordinario. El cuerpo del gallo no había crecido nada. Pero el cuello medía ya dos metros.

—Bueno, Jorge —dijo el señor Locatis—. ¿Qué más se te ha olvidado?

—No lo sé —dijo Jorge.

—Claro que lo sabes —dijo el señor Locatis—. Anda, hijo, piensa. Probablemente falta una sola cosa vital y tienes que acordarte de lo que es.

—Puse un poco de aceite de motor que encontré en el garaje —dijo Jorge—. ¿Tenías eso en la lista?

—¡Eureka! —gritó el señor Locatis—. ¡Ésa es la respuesta! ¿Qué cantidad pusiste?

—Cuarto de litro —dijo Jorge.

El señor Locatis fue corriendo al garaje y encontró otro cuarto de litro de aceite.

—Y un poco de anticongelante —le gritó Jorge—. También eché un poco de anticongelante.

La Maravillosa Medicina
n.º 4

Cuando volvieron a la cocina otra vez, Jorge, mientras su padre le observaba ansiosamente, echó el cuarto de litro de aceite de motor y un poco de anticongelante en la gigantesca cacerola.

—¡Hiérvelo de nuevo! —dijo el señor Locatis—. ¡Hiérvelo y revuélvelo!

Jorge lo hirvió y lo revolvió.

—Nunca os saldrá bien —dijo la señora Locatis—. No olvidéis que no sólo ha de tener las mismas cosas, sino exactamente las mismas cantidades de esas cosas. ¿Y cómo podéis conseguir eso?

—¡No te metas en esto! —chilló el señor Locatis—. ¡Va bien! ¡Esta vez lo hemos logrado, ya lo verás!

Ésta era la Maravillosa Medicina de Jorge n.º 4 y, después de que hirviese un par de minutos, Jorge la llevó en una taza al patio, una vez más. El señor Locatis corrió tras él. La señora Locatis les siguió más despacio.

—Vas a tener algunos pollos verdaderamente raros, si sigues así —dijo ella.

—¡Ofrécesela, Jorge! —gritó el señor Locatis—. ¡Dale una cucharada a esa de allí!

Señaló a una gallina marrón. Jorge se arrodilló y tendió la cuchara con la nueva medicina.

—Pita-pita-pita —dijo—. Prueba esto.

La gallina marrón se acercó y miró la cuchara. Luego, picó.

«Auuch», hizo la gallina. Después, un gracioso pitido salió de su pico.

—¡Mirad cómo crece! —gritó el señor Locatis.

—No estés tan seguro —dijo la señora Locatis—. ¿Por qué silba de ese modo?

—¡Cállate, mujer! —gritó el señor Locatis—. ¡Dale una oportunidad!

Permanecieron allí, mirando fijamente a la gallina marrón.

—Se está volviendo más pequeña —dijo Jorge—. Mírala, papá. Se está encogiendo.

Y así era, realmente. En menos de un minuto, la gallina se había encogido tanto que no era mayor que un pollito recién nacido. Tenía un aspecto ridículo.

Adiós, abuela

—Sigue faltando algo —dijo el señor Locatis.

—No se me ocurre qué puede ser —dijo Jorge.

—Renunciad —dijo la señora Locatis—. Dejadlo. Nunca os saldrá bien.

El señor Locatis parecía desesperado.

Jorge también parecía estar bastante harto. Aún estaba arrodillado en el suelo con la cuchara en una mano y la taza llena de medicina en la otra. La ridícula gallina diminuta se alejaba lentamente.

En ese momento, la abuela entró en el patio a zancadas. Desde su enorme altura, les lanzó a los tres una mirada feroz y gritó:

—¿Qué pasa aquí? ¿Por qué no me ha traído nadie mi taza de té? Ya es bastante malo tener que dormir en el granero con las ratas y los ratones, pero no estoy dispuesta a morirme de hambre, además. ¡Dejarme sin té! ¡Sin huevos con jamón! ¡Sin tostadas con mantequilla!

—Lo siento, mamá —dijo la señora Locatis—. Hemos estado terriblemente ocupados. Ahora mismo te preparo algo.

—¡Que lo haga Jorge, que es un bruto y un vago! —gritó la abuela.

Justo entonces, la vieja descubrió la taza que Jorge tenía en la mano. Se inclinó para mirar lo que contenía y vio que estaba llena de un líquido marrón, que parecía té.

—¡Ja-já! —gritó—. ¡Así que esas tenemos, ¿eh?! Te sabes cuidar bien, ¿verdad? ¡Te encargas de conseguir una buena taza de té para ti! ¡Pero no se te ocurre traerle una a tu pobre abuela! ¡Ya sabía yo que eras un cerdo egoísta!

—No, abuela —gritó Jorge—. Esto no es...

—¡No me mientas! —gritó la enorme bruja—. ¡Pásamelo ahora mismo!

—¡No! —chilló la señora Locatis—. ¡No, mamá, no! ¡Eso no es para ti!

—¡Ahora también tú te pones en contra mía! ¡Mi propia hija intentando impedirme que desayune! ¡Intentando matarme de hambre!

El señor Locatis miró a la horrible vieja y sonrió dulcemente.

—Pues claro que es para ti, abuela —dijo—. Cógelo y bébetelo antes de que se enfríe.

—No creas que no lo voy a hacer —dijo la abuela, inclinándose desde su gran altura y tendiendo una enorme mano callosa hacia la taza—. Dámela, Jorge.

—¡No, no, abuela! —gritó él, apartando la taza—. ¡No lo hagas! ¡No debes tomarlo!

—¡Dámela! —chilló la abuela.

—¡No! —gritó la señora Locatis—. Lo
hizo Jorge, es su maravillosa...

—¡Aquí todo es de Jorge! —interrumpió
la abuela—. ¡Esto es de Jorge, aquello es de
Jorge! ¡Estoy harta!

Le arrebató la taza de la mano al pequeño
Jorge y se la llevó allá arriba, fuera del alcance
de los otros.

—Bébetelo, abuela —dijo el señor Locatis, con una enorme sonrisa—. Es un té buenísimo.

—¡No! —gritaron los otros dos—. ¡No,
no, no!

Pero era demasiado tarde. La vieja ya se
había llevado la taza a los labios, y se la bebió de
un solo trago.

—¡Mamá! —aulló la señora Locatis—.
Acabas de beberte cincuenta dosis de la Maravillosa Medicina de Jorge n.º 4, ¡y fíjate el efecto
que una cucharadita le ha hecho a esa gallinita
marrón!

Pero la abuela ni siquiera la oía. Ya le salían por la boca grandes nubes de vapor y empezaba a silbar.

—Esto va a resultar interesante —dijo el
señor Locatis, sonriente aún.

—¡Buena la has hecho! —chilló la señora
Locatis, lanzando una mirada furiosa a su marido—. ¡Has cocido a la pobre vieja!

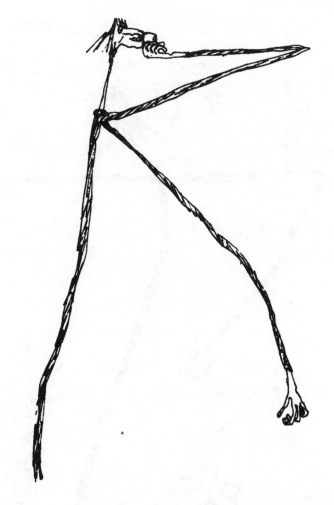

—Yo no he hecho nada —dijo el señor Locatis.

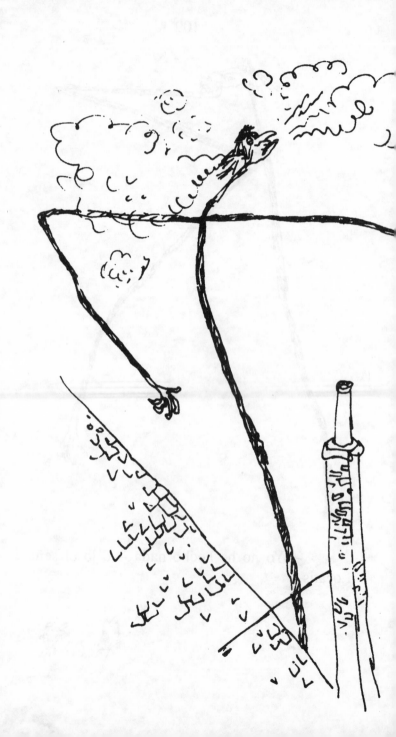

—¡Claro que sí! ¡Le dijiste que se lo bebiera!

Desde arriba les llegaba un tremendo silbido. La abuela echaba vapor por la boca, la nariz y las orejas.

—Se sentirá mejor cuando se haya desahogado un poco —dijo el señor Locatis.

—¡Va a estallar! —aulló la señora Locatis—. ¡Le va a reventar la caldera!

—¡Apartaos! —dijo el señor Locatis.

Jorge estaba muy alarmado. Se retiró
unos cuantos pasos corriendo. Los chorros de vapor blanco continuaban saliendo de la cabeza de
la escuálida vieja, y el pitido era tan alto y agudo
que hacía daño en los oídos.

Pero, mientras aún estaba hablando, el silbido paró de repente y desapareció el vapor. Fue entonces cuando la abuela empezó a hacerse más pequeña. Al principio, su cabeza estaba a la altura del tejado, pero ahora bajaba rápidamente.

—¡Observa esto, Jorge! —gritó el señor Locatis, dando saltos por el patio y agitando los brazos—. ¡Observa lo que sucede cuando alguien toma cincuenta cucharadas en vez de una!

Muy pronto, la abuela había vuelto a su estatura normal.

—¡Para! —gritó la señora Locatis—. ¡Así está bien!

Pero no paró. Se volvía cada vez más pequeña... bajaba más y más. Al cabo de otro medio minuto, no era mayor que una botella de limonada.

—¿Cómo te encuentras, mamá? —preguntó la señora Locatis ansiosamente.

La diminuta cara de la abuela seguía teniendo la misma expresión furiosa y desagradable que siempre había tenido. Sus ojos, que ahora no eran mayores que el ojo de una pequeña cerradura, ardían de rabia.

—¿Que cómo me encuentro? —chilló—. ¿Cómo crees que me voy a encontrar? ¿Cómo te encontrarías tú si hubieses sido una magnífica giganta hace un minuto y ahora fueses una miserable enanita?

—¡Sigue disminuyendo! —gritó el señor Locatis alegremente—. ¡Sigue encogiendo!

Y así era, realmente.

Cuando ya no era mayor que un cigarrillo, la señora Locatis la cogió, la sostuvo en sus manos y gritó:

—¿Cómo puedo impedir que se vuelva más pequeña todavía?

—No puedes hacer nada —dijo el señor Locatis—. Ha tomado cincuenta veces la cantidad adecuada.

—¡Tengo que detenerla! —aulló la señora Locatis—. ¡Ya casi no la veo!

Entonces la abuela tenía el tamaño de una cerilla y continuaba encogiendo rápidamente.

Un momento después, no era mayor que un alfiler...

Luego, como una semilla de calabaza...

Luego...

—¿Dónde está? —chilló la señora Locatis—. ¡La he perdido!

—¡Viva! —dijo el señor Locatis.

—¡Ha desaparecido completamente! —gritó la señora Locatis.

—Eso es lo que le pasa a la gente por ser gruñona y antipática —dijo el señor Locatis—. Estupenda medicina la tuya, Jorge.

Jorge no sabía qué pensar.

Durante unos minutos, la señora Locatis estuvo dando vueltas por el patio con una expresión de desconcierto en la cara, diciendo:

—Mamá, ¿dónde estás? ¿Dónde te has ido? ¿Cómo puedo encontrarte?

Pero se calmó bastante pronto, y a la hora de comer estaba diciendo:

—Bueno, supongo que, en realidad, más vale así. Resultaba un poco molesto tenerla en casa, ¿verdad?

—Sí —dijo el señor Locatis—. Ya lo creo que sí.

Jorge no dijo una palabra. Se sentía tembloroso. Sabía que algo tremendo había ocurrido aquella mañana. Durante unos breves momentos había tocado con las puntas de los dedos el borde de un mundo mágico.

Índice

Friends of the
Houston Public Library

DAHL   HACRX
Dahl, Roald.
La maravillosa medicina de Jorge /

ACRES HOMES
03/10

Este libro se terminó de imprimir y encuadernar
en el mes de marzo de 2009, en los talleres de
Pressur Corporation S.A., C. Suiza, R.O.U.